MW00438445
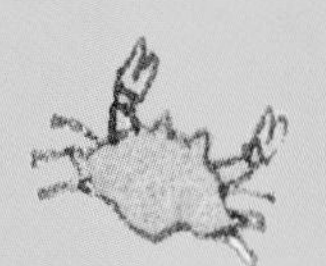

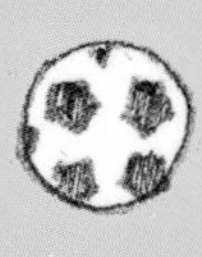
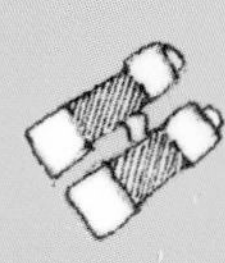
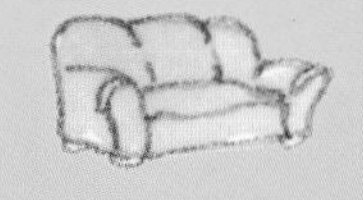

Tú eres mi estrella

CÓMO PREPARAR A UN NIÑO PARA APRENDER

Rosemary Wells

SCHOLASTIC INC.
New York Toronto London Auckland Sydney
Mexico City New Delhi Hong Kong Buenos Aires

Tú eres mi estrella. ¡Listos para aprender!

Un niño que va a la escuela por primera vez debe estar
listo para aprender y sentirse seguro de sí mismo.
Debe respetar a los demás y confiar en ellos.
Si puede hacer estas dos cosas,
habrá emprendido el camino hacia el éxito.

Una niña segura de sí misma siente
curiosidad por el mundo.
Puede concentrarse y sabe distinguir
entre lo bueno y lo malo.
Una niña segura de sí misma aprende de sus vivencias.
Sus padres nunca le imponen sus propias
conclusiones de lo que ha vivido.
Todos los niños llevan consigo a la escuela lo
que aprenden en la casa.
Este libro muestra cómo crear un hogar lleno de armonía
y cómo preparar a un niño para que tenga éxito.
Usted es el primer maestro de su hijo.

¡BUENA JUGADA, HIJO!
ES TU TURNO, PAPÁ.

★ 1 ★

Respeto

Un niño que es
respetado en su casa
tendrá un buen concepto de sí mismo.
Aprenderá a cooperar.
Podrá relacionarse con los demás.

¡TUVE UN SUEÑO MARAVILLOSO!
CUÉNTANOS.

★ 2 ★

Atención

Preste atención a las historias, los anhelos y las preocupaciones de su hija. Escúchela y respóndale. Ella aprenderá a escuchar a los demás.

¡LO HICISTE! ¡HEMOS HECHO UN LINDO PASTEL DE CUMPLEAÑOS!

★ 3 ★

Paciencia

Si un niño ve que usted
no le teme al fracaso
y que concluye lo que ha comenzado,
tratará y tratará hasta conseguir lo que
se ha propuesto.

¡HE ESPERADO TODA LA SEMANA A QUE LLEGUE ESTE DÍA, PAPÁ!
YO TAMBIÉN.

⋆ 4 ⋆

Confianza

Cuando usted cumple sus promesas, su hija aprenderá a cumplir su palabra.

¡YA ESTÁN BRILLANTES, MAMÁ!
¿QUÉ HARÍA SIN TI?

★ 5 ★

Trabajo

Un niño que participa en
los quehaceres de la casa
aprenderá a ser responsable.

POR FAVOR, SOLO LA VERDAD.
¡ES TU CULPA!
¡ES TU CULPA!

6

Sinceridad

Si al niño se le enseña a
respetar la verdad,
si ve que los problemas de la casa
se resuelven con justicia,
sabrá distinguir entre lo bueno y lo malo.

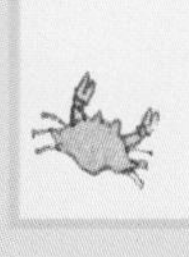

¿QUÉ HICISTE HOY EN LA ESCUELA?
¡TE LO MOSTRARÉ ENSEGUIDA!

★ 7 ★

Tiempo

Para los niños, el amor se deletrea

T-I-E-M-P-O.

Si usted pasa suficiente tiempo

a solas con su hija cada día,

ella crecerá segura de sí misma

porque sabrá que la quieren.

HABÍA UNA VEZ...

8

Lectura

Léale a su niña durante
veinte minutos cada día.
A ella le gustarán los libros.
Aprenderá a concentrarse.
Aprenderá a pensar de manera crítica
y a soñar libremente.

ABCD

PAPI Pedro

★ 9 ★

Escritura

Escriba y pinte con su hijo.

Elogie su esfuerzo.

Esto lo preparará para las tareas

de la escuela.

Las hará con gusto.

GRANOLA
ORGANICA

10

Hábitos

Los niños deben reposar cada día.
Necesitan dormir lo suficiente,
alimentarse bien y con un horario regular y
no comer a deshoras y a base de golosinas.
Necesitan salir al aire libre en lugar
de mirar la televisión y jugar con
videojuegos. Los buenos hábitos preparan
a los niños para aprender.

Si me traen un niño
listo para aprender...
yo una estrella prometo
devolver.

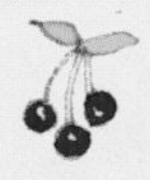

Published simultaneously in English as

My Shining Star: Raising a Child Who Is Ready to Learn

ISBN 0-439-83539-9

12 11 10 9 8 7 6 5 4 3 7 8 9 10/0

Printed in Singapore 46

First Spanish printing, May 2006